KB034970

네가 아무리 외로워도

누군가에겐 잊혀지지 않는 사람

네가 아무리 외로워도

누군가에겐 잊혀지지 않는 사람

너는 외롭다고 말하지만

누군가에겐 그리운 사람

너는 쓸쓸하다고 말하지만

누군가에겐 보고 싶은 사람

네가 아무리 외로워도
누군가에겐
잊혀지지 않는 사람

김지연 지음

마/음/세/상

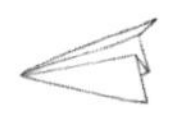

헤어진 사람에게 전화를 거는 용기보다
내가 줄 수 있는 게 없을 때
그 사람을 떠날 수 있는 용기를 갖고 싶다.

프·롤·로·그

아무리 외로워도 누군가 그리워한다면 혼자일 수 없다

사람은 누구나 혼자가 된다. 하루 일과를 마치면 오롯이 혼자가 되는 순간이 오고, 뜨거운 인생의 고개를 넘고 나면 혼자만의 순간을 맞이하게 된다. 바쁠 때는 그저 한숨 돌리고 쉴 수 있는 순간을 꿈꿔 왔으면서도 혼자 오도카니 있다가 보면 결국 오래지 않아 외로움을 느끼고 만다.

누군가를 만날 수 있는 건 그 사람과 헤어지지 않았기 때문이다. 헤어진 뒤에는 아무리 마음 속에 깊숙이 남아있어도 다시 만나기 힘들다. 외로움이란 뜨겁지도 않고 차갑지도 않지만 견딜 수도 없는 것이다.

그대가 아무리 외로움에 허덕여도 저 멀리 누군가는 그대를 그리워하고 있을 것이다. 너무 멀어져서, 혹은 헤어지자고 선을 그어버려서, 다시 만나기 어색해서 연락하지 못하지만 그래도

누군가의 머릿속에 그대가 남아있을 것이다. 그 사람은 이별이 라는 약속 때문에 사랑을 그리움으로 바꿔놓은 것 뿐이다.

그대가 지금 혼자라고 생각해도 어쩌면 그건 착각이다. 그대는 누군가의 애인이었고, 또 누군가의 첫사랑이며, 또 누군가의 절친한 친구였다. 누군가의 머릿속에 그리고 가슴속에 그대가 있다면, 누군가가 그대를 그리워한다면, 그대는 절대로 혼자가 아니다.

김지연

Contents

2

자, 여기 내 마음

3
헤어질 때도 안녕 만날 때도 안녕

I
사랑했다

가슴 아픈 이별을 해놓고
가슴 아픈 사랑을 했다고 말하지 마

사랑을 하다보면

자꾸 떠나는 버릇이 생긴다.

더 많이 사랑하고

더 많이 이해하는 건

절대로 습관이 되지 못한다.

그래서 진짜 사랑이 와도

오랜 버릇 때문에

다시 혼자가 된다.

이별의 아픔은 이토록 강하다.

짝사랑

그땐 왜 그리 열렬했는지

돌아서서 부끄러워

남한테 말도 못할 이야기라면

세월이 흘러도

혼자서라도

떠올리지 말아야지.

인생의 꽃은 피고 진다

이 나무는 무슨 나무일까.

언뜻 이름이 생각나지 않는다.

그런데 봄이 되어서

벚꽃이 만개하면

그때 알 수 있다.

아, 이 나무가 벚나무였구나!

꽃잎이 떨어지면

또 잊어버린다.

이 나무가 무슨 나무였더라….

인생에서 꽃이 피면

사람들이 나를 알아봐준다.

먼저 말을 걸어와주고 다가온다.

행복을 느낄 때는 사람들이

내가 누군지 알아봐줄 때다.

하지만 꽃잎이 떨어지듯이

잊혀지기도 한다.

그렇게 인생의 꽃도 피고 진다.

만성적인 짝사랑

좋아한다는 말 한마디 못해보고

그냥 어색해질 것이 두려워

멀리서 바라만 보며

혼자서만 좋아하는 짝사랑이 있다.

그것도 한번 혹은 두번

그뿐이다.

살아온 세월이 길어질수록

만성적인 짝사랑이 생긴다.

둘이 함께 좋아했다가

어느 한 사람이 마음이 변한다.

그렇게 혼자가 된 사람은

혼자서 좋아한다.

한때 사랑을 줬던 그 사람을

이미 떠난 사람을

홀로 그리워하는 일….

그런 짝사랑도 있다.

모르는 척

아는 것은 모르는 것보다 낫다.

아는 척하는 것보다는

모르는 척하는 게 더 낫다.

하고 싶은 말을

생각나는 대로 하기 보다

할 수 있는 말을 해야 한다.

그대는 너무 소중하므로.

누구나 사랑을 담아두는
마음의 서랍장이 있다

아무런 대가없이 사랑을 주고 나면

문득 후회할스러울 수 있다.

어떤 이들은

그저 퍼주기만 하는 사랑을 바보라고 말한다.

하지만 누군가에게

정말 애틋한 사랑을 받아봤던 사람은

살다가 작은 돌부리에 걸려 넘어질 때도

하던 일이 잘 되지 않아 고민할 때도

사표를 쓸 때도

실연을 당했을 때도

목표 앞에서 좌절할 때도

한번쯤 나를 무척이나 사랑해줬던

그 사람을 떠올리게 된다.

나는 그 사람에게

조금의 애정을 갖고 있지 않더라도….

내가 사랑했던 사람은 쉽게 잊혀지지만

나를 사랑해줬던 사람은

잊혀지지 않는다.

열정이 놓치는 것들

사랑이 너무 하고 싶어도
막상 기회가 오면 잘해내지 못한다.
사랑이 너무 하고 싶어
준비할 시간이 없었기 때문이다.
기다리던 소풍에
도시락을 빼놓고 가듯이.

사랑은 다시 생각해도

사랑이고

누가 반대해도 사랑이고

정신 차려도 사랑이다.

나를 향해 한번 웃어봐

나는 두 배

세 배 웃어줄 테니까

나와 헤어져도

다시 만나지 못하더라도

절대로 네 가슴 속에서
떠나지 않을 테니까.

마음의 마법

어떻게 제일 가까운 사람이었다가

갑자기 가장 먼 사람이 될 수 있지?

행복

행복한 순간은

그저 사랑을 느끼는 순간

절로 웃음이 나오는 순간

사랑을 생각하지 않는 순간

아무것도 망설이지 않는 순간.

사랑해

사랑해.

누군가는 상대가 듣고 싶을 때 말한다.

그리고 누군가는

자기가 하고 싶을 때 말한다.

고백하기 위해서

3년을 기다리는 사람도 있다.

고백하고 싶을 때 보다

그 사람이 고백을 듣고 싶을 때

하기 위해서다.

내가 하고 싶을 때 내던진 사랑한다는 말

때로는 아무리 진심이어도

잊혀진, 떠나간, 식어버린 인연이라면

아무 쓸모도 없을 수가 있다.

아무리 진심을 담아 전하는 말이라도.

소중한 사람

곁에 있어도 소중한 사람.

떠나고 나서야 소중해지는 사람.

뜨거운 사랑을

순수한 사랑을

너무 열정적으로 쓰는 건

어쩌면 낭비.

과거로 돌아갈 수 있는 건
오직 기억뿐

아무리 진실해도

아무리 진심을 담아도

때를 놓쳤다면

아무 쓸모도 없는 말,

"사랑해."

누군가는

늦은 밤

발신제한번호로

한때 사랑이었던 이에게 전화를 건다.

혹시 지금도

그때와 같은 줄 알고.

아이가 되어버렸어

처음에는 모두 멀쩡한 사람이었는데

사랑받을 수록 아기가 된다.

그 사람 없으면 쇼핑도 못가고

그 사람 없으면 결정도 못하고

그 사람 없으면 여행도 못한다.

그러던 어느 날

그 사람이 떠나면

갑자기 쑥 자라나지만

갑자기 어른이 될 수 없다.

그래서 아이처럼 엉엉 우는 것이다.

II
자, 여기 내 마음

순간의 아픔 때문에
삶이 불행하다고 생각하지 마

살면서 좋은 일도 있지만 슬픈 일도 있다.

정말 그냥 넘길 수 없을 정도로

치명적인 아픔을 만나면 누구나 어쩔 줄을 모른다.

믿었던 사람에게 배신 당하고

공들여 진행했던 일이 수포로 돌아가고

때로 믿음을 잃어 크게 망신당하고

사회적으로 매장당한다면

그건 씻을 수 없는 아픔으로 남을 것이다.

누군가는 사랑했던 애인이 등을 돌려서

또 다른 누군가는 하나의 목표를 이루기 위해

모든 것을 포기했는데

그 일에 실패했을 때 큰 실의에 빠진다.

그런 사람들은 말한다.

인생은 고행이고 즐거울 일이 없고 힘든 것이다.

그래서 모든 것이 싫어져 떠나고 싶다.

다 잊고 그냥 떠나고 싶다.

그런데 세상에 태어나서 웃고 떠들고

즐거웠던 순간도 많다.

그런데 지금 나를 힘들게 하는 그 일 때문에

인생 자체를 매도할 필요가 있을까?

기쁨도 일부분이든 슬픔과 실의도 일부분일 뿐이다.

기쁨은 우리 자신을 잊게 하지 못하지만

슬픔은 스스로의 소중함까지 잊게 만드는 힘이 있다.

이혼했다고 그냥 실패한 인생일까?

머리 굵은 어른이 되어서도

왕따를 당한다면 그건 실패한 인생일까?

목표한 바를 이루지 못했다고 실패한 인생일까?

그저 눈 앞의 캄캄한 슬픔일 뿐이다.

그럴 때는 먼 과거로 시선을 돌려보라.

분명 잊고 있었던 행복한 시절들이

반짝반짝 빛나고 있을 것이다.

그 빛나는 순간들을

지금의 아픔으로 바래게 하지 마라.

두려움

무언가를 많이 두려워하면

피하고 싶어지고

그래서 머릿속을 다 뒤져서

묘안을 생각해낸다.

그러다가 자기 꾀에 넘어간다.

현혹되지 않는 것보다

욕심부리지 않는 것보다

중요한 것이

두려워하지 않는 것이다.

내려놓음

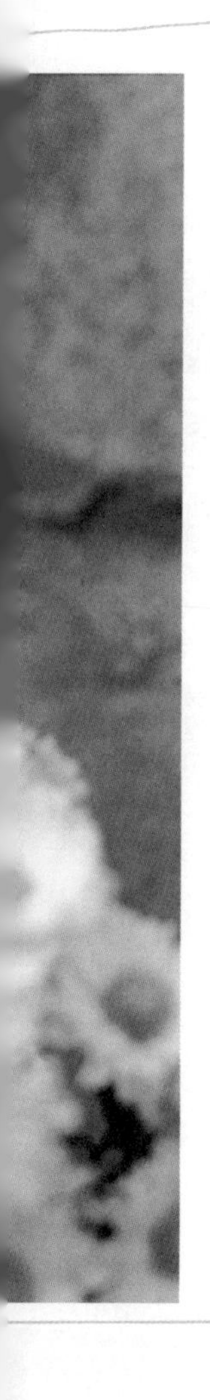

사람은 상대의 장점을 보고 반하고
가까워지면 콤플렉스와 이기심에 부대낀다.
그리고 상대가 가지고 있는 힘, 장점에
뒷통수를 맞는다.
마음은 언제나 이익에 따라 움직인다.
그래서 딴소리가 나오고
잡아떼는 일도 생긴다.
아무리 다짐을 받고 녹취를 하고
지장을 찍어도 이익 앞에서는
흔한 삽질일 뿐이다.

그래서 네가 얻은 것은 무엇이니?

정말 화가 났다.

아무리 생각해도 이해가 되지 않는다.

그래서 한참을 고민하다가

친구한테도 물어보고

혼자 머리 싸매서 고민하고

일방적으로 연락도 끊어버리다가

이제 보지 말자고 했다!

그래서 너는

그렇게 혼자가 되어서 후련하니?

사랑하고 싶어요

나를 지켜줄 사람을 찾는 것보다
내가 지켜줄 사람을 찾는 것이
더 빠르다.

지금 뜻대로 되는 것이 없는 이유

사람도

그 어떤 고통도

깨달음 앞에서 고개를 숙인다.

깨닫기 전까지는

마음의 감옥에서

방황하고

고뇌할 수밖에 없는 것이다.

행복할 수 있는 법

순간 순간의 자기만족이 있는

뜬구름 잡는 일은

언뜻 느끼기에 달다.

꿈을 꾸는 건 얼마나 달콤한가.

하지만 탄탄한 미래를 보장되는 일은

하기가 싫다.

재미가 없다.

특히 돈을 버는 일이 그렇다.

하지만 그 일에서

즐거움과 재미를 느끼면

결혼도
사랑도 나쁜 적이 없었다

결혼해서 잘 살지 못한 것을

결혼한 것을 후회한다.

"결혼하지 마."

"결혼하면 정말 힘들어져."

마치 결혼이 나쁜 것처럼

사랑이 나쁜 짓을 한 것처럼 말한다.

그러나

일찍이 결혼이

사랑이 잘못한 게 있었던가.

진짜로 후회해야 할 것은

결혼생활을 잘 하지 못한 것.

사랑을 잘 해내지 못한 것.

그뿐이다.

너 때문이야

내 마음이 변덕으로 요동칠 때는
그래서 내가 나를 못 믿을 때는
내 말에 귀기울여주는 타인을 믿게 된다.
헤어질까?
그만둘까?
해도 될까?
"그럼 그렇게 해."
타인의 한마디에
너무 쉽게 결정을 한다.
후회하더라도 잃는 것이 생겨도
대신 결정을 해준
타인의 탓으로 돌리며.

사랑이 진짜가 아니듯
몹시 생생한 지금의 미움도
진짜가 아닐 수 있다

진짜 사랑이라고 믿었던 것이

하찮은 유혹에 불과할 수 있듯이

진짜 미워한다고 해도

어쩌면 그건 미움이 아닐 수 있다.

내 마음에 귀 기울일 때보다

타인의 마음에 귀를 기울이면

더 많은 것을 알게 될 때가 있다.

때로는 심플한 게 좋다

생각한 것만큼 방황한다.

마음 먹기

수천가지 생각보다

단 한번의 믿음의 힘이 세다.

그냥 잘하고 싶었어

어떤 이는 수학이 너무 어려워서

문제집의 예제를

몽땅 외웠다.

그래서 어떤 시험은 잘 보고

어떤 시험은 못 봤다.

외운대로 나오면 좋겠지만

조금이라도 달라지면 모르겠으니까.

그는 오늘도 밤새워

수학 문제를 외울 것이다.

노가다지만 어떡해.

도저히 모르겠는데.

어떤 이는 사랑을 할 때

무조건 잘해줬다.

그 사람이 해달라는 대로 다해주고

최선을 다했다.

그런데 혼자가 될 때마다

이유를 모르겠는 거야.

왜 여자들은 좋으면서 싫다고 하고

싫으면서 내색하지 않는 거야?

열심히 했고 최선을 다했지만

시작에 놓친 것을

되찾기에는 너무 어렵겠지?

처음부터 수학은 포기했는데 말이야.

처음부터 사랑은 너무 어려웠는데 말이야.

조금 틀리더라도

조금 실수하려고 하더라도

마음에 다가가는 건

어려운 일이야.

용서할 수 없다면

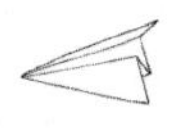

사랑하면 한번은 화낼 수 있다.

두 번도 낼 수 있다.

그런데 계속 낼 수는 없다.

누군가를 미워하고

계속 미워한다면

그건 자기 자신을 미워하는 것이다.

내게 시간을 좀 줘

사랑한다는 고백.

누군가에게 대시를 받았으니

고민한다.

이 사람보다 더 나은 사람이 없나

이것저것 저울질 해보기도 한다.

대시에 승낙하면서

잊어버리는 하나.

먼저 좋아했던 사람이 마음이 변하고

나중엔 내가 더 많이 좋아하게 되어서

혼자 울고 바라보는

그런 날이 올지도 모른다는 것.

만성이 된 것은 고칠 수 없는 것이다
고치면 살 수 없는 것이다

어느 남자는 말했다.

"우리 둘이 사주 보러 까페에 갔었잖아.

네가 오래산다는 둥

내가 오래산다는 둥

그러고 놀았잖아.

한날 한시에

누가 더 슬퍼할 겨를도 없이

함께 하늘 나라에 가면 좋을텐데. 그렇지?

그리고 나 너 몰래 한번더 갔다?

그러니까 말이야.

네 사랑이랑 내 사랑이 수명이 다르대.

네 사랑은 너무 짧고

내 사랑은 훨씬 길대.

나는 너무 슬펐어.

더 많이 좋아하는 사람이

언제나 약자라지만

네 사랑이 안타까워서…."

추억의 쪼가리

경험의 가치는

어떤 것에 비할 수 없다

하지만

경험도

편견이 되면

아무 짝에도 쓸모가 없다.

상처 없이 편견이 되는

경험도 있을까.

못된 말

화가 난다고 해서

내 마음대로 되지 않는다고 해서

막말을 하는 건

그건 슬프기 때문이 아니다.

이젠 나와 상관없다는

그 자유로움이 사람을

망나니로 만든다.

그런데

슬퍼서 나오는 막말은

아무도 이해해주지 못한다.

너무 정 떨어져서….

정말 가슴에 맺히는 말이기 때문이다.

막말은 어떤 미련도 남기지 않는다.

내 자리는 네가 정해주는 것

누군가를 사랑하는 일은

그 사람이 내가 필요할 때

그의 곁을 지켜주는 일.

그리고 그 사람이 더 이상 내가 필요하지 않을 때

사라져주는 일.

그러면 누구를 버리는 일도 없고

누구에게 매달릴 일도 없다.

"네가 어떻게 그럴 수 있니."

이런 구차한 말을 할 필요도 없다.

그런데 정작 나를 필요로 하는 자리에서는 도망치고 싶고

더이상 내가 필요하지 않다는 데도

엉겨붙어서 짐이 되고 싶은 일은 많다.

사랑이 없으니

다투는 일이 많은 건 어쩌면 자연스럽다.

괜찮아요?

"괜찮아요?"

누군가 묻는다.

그렇다고 말할 수 밖에 없는 순간

명백히 내 잘못으로

내가 넘어진 순간

이미 포기한 일에

한번 더 도전했다가

실패했을 때

할 수밖에 없는 대답.

"네. 괜찮아요."

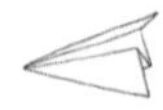

가진 것이라곤
따뜻한 가슴밖에 없는데

아무리 똑똑해도

따뜻한 가슴이 없으면 허당이다.

따뜻한 가슴 없이는 절대로 행복해질 수 없다.

그 사람의 웃는 모습이 아니라

슬퍼하는 모습, 기운 없는 모습을 보고

더운 눈물을 흘릴 수 있는 것.

뭐라도 하나 얻어먹기 위해서 다가가기보다

힘들어하는 그를 위해서 뭐 하나라도 나눠주고 싶고

하나도 아깝지 않고 함께 행복할 수 있도록

응원해주는 것.

따뜻한 가슴은 거기 있다.

가난해도 어떻고 좀 모자라도 어떨까.

따뜻한 가슴이 있는 곳에 행복이 있다.

중독

어떤 일을 잘하려면 중독이 되어야 한다.

중독이 되면 실력이 나온다.

독서도 중독이 되면

공부도 중독이 되면

양보도 중독이 되면

운동도 중독이 되면

헤어나올 수 없는 순간이 온다.

그리고 멋진 결과물이라는

보답도 받는다.

자다가도 벌떡 일어나고

열심히 하고 있는데

방해받는 걸 싫어한다.

고독한 시간은

실력을 쌓기에는 가장 좋은 시기다.

그런데 중독된 사람 옆에

있는 사람은 외롭고 고민에 빠진다.

아무리 훌륭해도

그만했으면 하고 바란다.

중독은 본인이 노력해도

헤어나올 수 없지만

원하지 않는데도

하루 아침에 없어지기도 하는 것이다.

조금 못나도 평범해도

잘하는 게 없어도

이거 하다 저거 하다 하는 것 같아도

1인자인 사람을 부러워하기만 해도

중독되지 않으면

분명 옆의 사람은

한심하다고 겉으로는 투덜거려도

분명 나를 보는 얼굴은

미소짓고 있을 것이다.

깨달음은 언제나 한발 늦다

언제나 기회가 먼저 오고

깨달음이 나중에 온다.

후회는 일치감치 정해져 있었던 것 같다.

좋은 인연은 그 자체로 축복이다.

가족이 아닌 사람과

정말 제대로 뭉칠 수 있다는 것.

한마음이 될 수 있다는 건

그건 정말 복이다.

그냥 믿을 사람이 핏줄로 이어진 사람들 뿐이라면

사실 남하고의 관계가 어려워서

가족으로 돌아본 사람일 수 있다.

피 한방울 안 섞인 누군가와

한마음이 되는 일.

그게 정말 축복이다.

그게 인복이다.

하늘만큼 땅만큼 사랑해

어느 날 다섯 살 난 아들이 말했다.

"엄마를 사랑해요. 하늘만큼 땅만큼."

감격한 나는 이 말에 뭐라고 대답할지 고민했다.

그리고 대답할 말이 생각났다.

"그래, 엄마가 별도 달도 따줄게."

그 별이 뭘까.

달이 뭘까.

하늘을 보면 흔히 있는 것.

내가 좀 바쁘더라도

아이가 관심받고 싶어서

알짱거리고 괜히 말걸어도

잘 받아주기.

엎지르고 넘어지고 실수해도 보듬어주기.

하늘만 봐도 마음만 맑게 하면

멀리 찾지 않아도 바로 알아볼 수 있을 정도로

정말 정말 흔한 것.

방황하지 말기

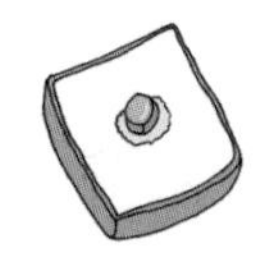

시험에서 50점을 받는 것보다
인생에서 방황하는 일이 더 큰 타격을 준다.
방황을 끝내는 답을 경험을 얻으려면
너무 많은 시간이 걸린다. 아픈 일도 많다.
시험에서 50점을 받는 것보다
인생에서 방황하는 일이 더 큰 타격을 준다.
방황을 끝내는 답을 경험을 얻으려면
너무 많은 시간이 걸린다.

사랑에 푹 빠져 버렸어

사랑에 다 걸고 싶은 건

사랑에 흠뻑 빠졌거나

혹은 지금이 너무 싫기 때문이거나.

마음이 맞지 않는 둘 < 혼자 < 잘 어울리는 둘

혼자인 것보다 둘이 좋을 때가 있다
새로운 누군가를 만났을 때
내 곁에 나를 아껴주고
지켜주는 사람이 있으면
그 사람은 아마도 나를 존중해줄 것이다.
하지만 미움 받고 따돌려진다면
아마도 무시할 지도 모른다.
누군가는 머리를 하러 미용실에 갔다.
화장 안 한 얼굴, 초라한 옷
미용사는 대번에 무시하고
데면데면 머리를 했다.
그런데 조금 지나고 그녀의 남편이
웃으며 다가오자
미용사의 눈빛이 달라졌다.
남편이 바라보는 시선에서
얼마나 그녀를 아끼는지
그녀를 소중한 사람으로 여겨주는지
알 수 있었기 때문이다.

몸이 불편한 아이라도

뒤에서 떠받들어주고

사랑해주면 무시할 수 없어진다.

하지만 사랑해주지 않는다면

그럼 사람은 비참해진다.

스스로 빛나고 싶어

자기자랑을 늘어놓으면 추하다.

그래서 사람은

사랑받으려고만 하는 건지도 모르겠다.

사랑받는 일

그건 빛날 수 있는 일이다.

별이 스스로 빛나지 못하고

태양을 반사해서 빛을 내는 것처럼

사람이 가장 빛이 날 때는

사랑하는 사람이 곁을 지켜줄 때다.

이렇게 못난 나라도

나를 빛나게 해준

그대는

소중한 사람이다.

필연적인 고독

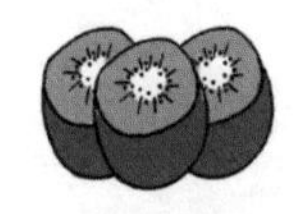

그냥 하고 싶은 대로 하고 살다가

어느 날 갑자기 외로워지는 건

정말 당연하다.

어떤 일을 끝내고 나면

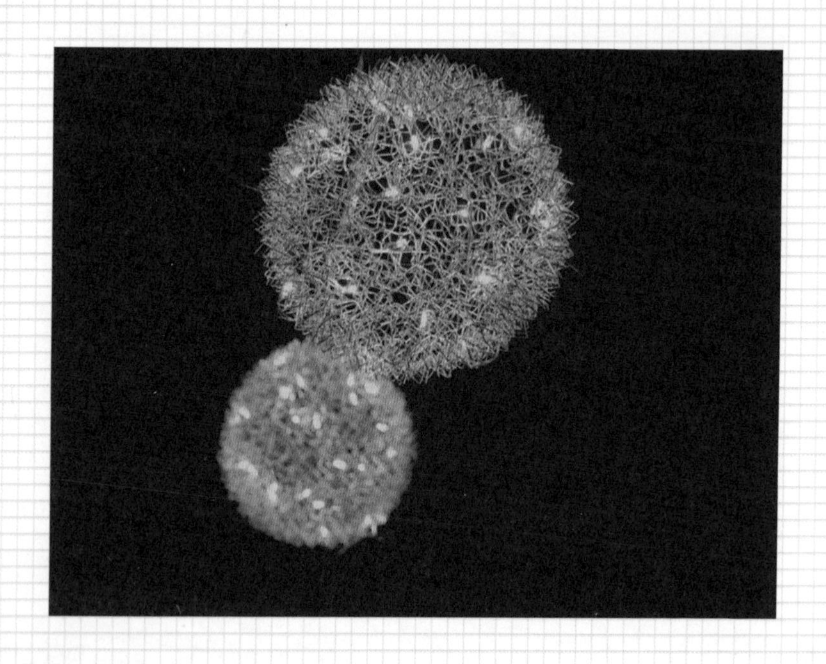

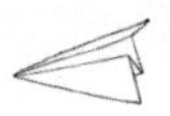

어떤 일을 끝내고 나면
나 자신을 돌아봐야 한다.
책을 읽을 때
재미없고
좀 민망하면 휘리릭 넘기는데
그렇게 대충 읽으면
뒤에 가서 모르는 게 생긴다.
그리고 남들은 다 아는데
나만 모르는 것도 생긴다.
그것처럼
나 자신을 돌아보다
부끄럽고
민망하고

짜증나서

스킵해버리면

가장 중요한 건 놓치게 된다.

내 입장에서만 생각하면

도저히 답이 안 나오고

오답의 늪에 빠지지만

상대의 입장에서 생각하면

달라진다.

내가 무엇이 부족했는지

무엇을 더 채워야했는지

만족은 그것으로 끝이지만

후회는 더 나은

무언가를 만들어내기도 한다.

솔직히

사랑하는 사람에게

지기는 싫잖아

아무리 잘못해도

스무살이 넘어서
다시 시작해야 한다면

스무살 넘어서

진짜 친구를 사귀는 일은 어렵다고 한다

그렇다면 스무살 넘은 뒤에 하는

사랑인들 쉽겠는가.

미성년에는 못하게 하더니

막상 연애해야할 때가 되면

친구 사귀는 것도 어려우니

사랑을 잘하기가 참으로 쉽지 않다.

스무살쯤 되면 이미 사람들에겐

한두번의 진한 우정과 첫사랑이 지나갔다.

그리고 서른.

누군가를 다시 만나는 것은 쉽지 않다.

하지만 가슴 아픈 우정

가슴 아픈 사랑을 끝내고

모든 걸 다시 시작해야 한다면….

쉬운 사랑은 속절없이 끝나지만

어려워진 사랑과 우정은

평생을 기약할 것이다.

진심이면서 진심이 아닌 것

진심이면서

진심이 아닌 것이 있다.

사랑하지만

그 사람이 당장 나에게

상처를 줬을 때

내 자존심을 건드리고

배려하지 않을 때 밉다.

그래서 속으로 욕한다.

다 떠나버리고 싶다

그래서 정말 영영 떠나버리는 사람도 있다.

그런데 시간이 지나면 후회한다.

'아! 그때 왜 그랬지!'

사랑의 기억이 더 커지고

그때 그 미움은 사사로운 게 된다.

지금 느끼는 욱하는 진심은

진짜가 아니다.

욱하며 미워하기도

욱하며 화내기도 하고

욱하고 좋아하기도 한다.

사실은 별 관심 없는데 순간의 유혹에

사랑으로 믿기도 하고

사랑하고 있는데 지금 당장 기분 나빠서

헤어지기도 한다.

진심이면서 진심이 아닌

가짜는 많다.

진심이 아닌 진심이 아닌

마음의 명령을 따르는 자는

언제나 후회할 수밖에 없다.

지금 당장 진심인 것도 중요하지만

내일도 그 후에도 진심인 게 중요하다.

왜 전화를 받지 않니

예전에는 전화를 받지 않는
사람이 나쁘다고 생각했다.
누군가에게 상처를 줬거나
약속을 지키지 않은 사람은 언제나 나쁘다.
그리고 좀 더 생각하게 되었다.
부담을 주는 사람이 나쁠까?
부담을 느끼는 사람을 나쁠까?
받지 않는 전화를 하지 않는 것도
또 듣고 싶어하지 않는 말을 하지 않는 것도
중요하다.

모두 다 지난 것처럼

화가 날수록

분할 수록

억울할수록

모두 다 지난 것처럼 대하라.

미워하면 마음이 심란해지지만

용서하면 마음이 편해진다.

미워하면 잊혀지지 않지만

용서하면 저절로 잊혀진다.

기억의 힘

기억은 무한하다.

별 걸 다 기억할 수 있다.

그냥 숨 쉬고 있을 때 모르지만

의식적으로 숨쉬려면 어색해진다.

이건 잊지 말아야지.

이건 꼭 챙겨야지.

메모를 해두고

각인을 해둔

기억력은

정말 몇 개만 가능하다.

무언가를 잊지 않으려는 것은

너무나도 유한하다.

어떻게든 더 좋은 사람을 만나야 해

다시 돌아올 수 없는 길이 있다.

아무리

미련이 남아도

지나간 인연은 돌아갈 수 없다.

어떻게든 더 좋은 사람을 만나야 한다.

사람을 빛내는 것은 모래다

살아가면서

진상인 사람 만난 건 손에 꼽을 정도다.

대개 좀 아니다 싶으면

침묵이 답이다.

그런데 좋은 사람을 꼽으라면

너무 많아 셀 수가 없다.

지천의 세잎클로버를 두고

네잎클로버를 찾았다고 기뻐하기 보다

푸르게 빛나는 세잎클로버에 감사하고

지천의 좋은 사람을 두고

몇 악연을 두고 슬퍼하기 보다

곁을 지켜주는 이들에게 감사하는 것이 좋다.

때로 모래속에 보석을 발견하고

보석만 대단하고

모래는 아무것도 아닌 양 생각하지만

어쩌면 보석보다

더 빛나는 것은 모래일 지도 모른다.

내 일을 잘해내는 것은 중요하다

내 일만 잘하면 얄밉게 보인다.

남의 일을 도와주고

보조를 맞춰주면 사랑받는다.

열심히 살았는데

잘 안 되는데는 이유가 있다.

그냥 대충 사는 데도

잘 나가는 이가 있다.

나 자신에게 부족한 것

그걸 비난하고 미워하면

더 곤경에 처하지만

나 자신에게 부족한 것을

또다른 노력으로 메우면

분명 행복으로 가는 길을 찾을 수 있다.

남의 부족한 부분을 미워하고 괴롭히면

결국 그 사람은 떠나가겠지만

타인의 부족한 부분을 메워주면

그 사람은 나 없이는 살아갈 수 없게 된다.

하늘로 간 사람

사람이 죽어 땅에 묻고는

하늘로 갔다고 한다.

머릿속을 떠난 사람은

하늘로 간다.

그래서 비가 오면 생각나고

눈이 내리면

이따끔

생각난다.

열렬했던 것이
시간 지나면 사소해진다

열렬히 동경하고
열렬히 사랑했더니
그리고 갖지 못하고 상처를 받아
슬프더니 어느 날
그토록 원했던 것들이
별것 아니라는 것을 알았다.
그래서 그동안 그렇게 소망하고
동경했던 것이 후회스럽다.
이제 남은 건
지긋지긋함 뿐이다.
열망이란 얼마나 속절없는 것인가.

마지막을 기억할 것인가
가장 아름다운 순간을 기억할 것인가

날 버린 그 사람은 너무 잘 살고 있는데

행복해보이는데

나는 왜 이럴까.

문득 나만 불행한 것 같지만

그 사람보다 더 행복하고

즐겁게 살다 보니

정말 즐거워지고

어느 날은 그 사람도 날 부러워하더라.

여자는 가장 행복했던 순간을 놓지 않으려고

헤어질 때 매달리고

남자는 마지막에 여자가 매달리던 순간을 기억해서

어느 날 갑자기 뜬금없이 옛 여자에게 연락한다.

좋은 이별을 할 걸

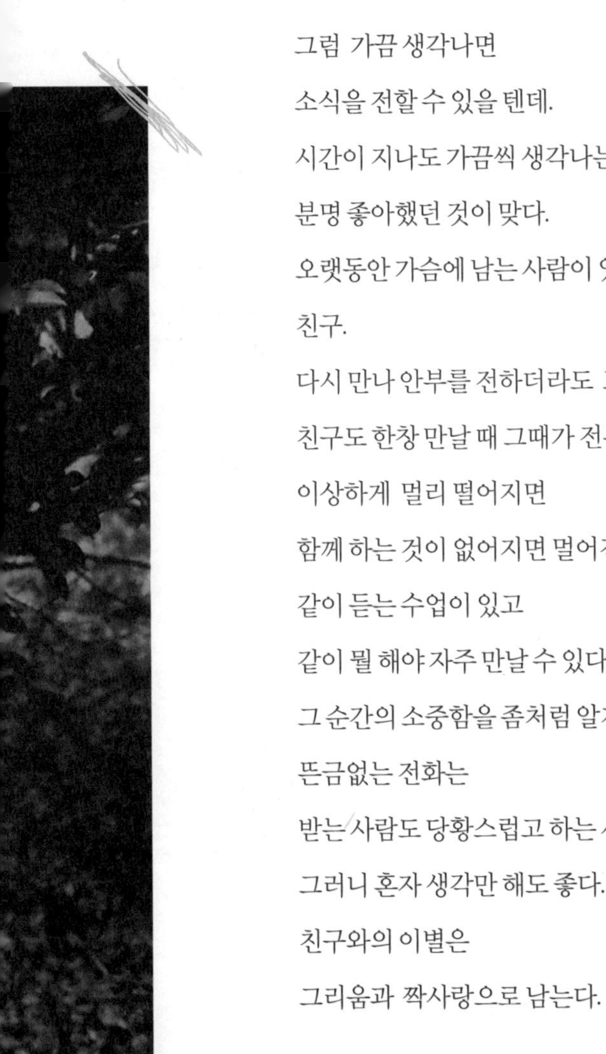

그럼 가끔 생각나면

소식을 전할 수 있을 텐데.

시간이 지나도 가끔씩 생각나는 사람이라면

분명 좋아했던 것이 맞다.

오랫동안 가슴에 남는 사람이 있다.

친구.

다시 만나 안부를 전하더라도 또 멀어지겠지.

친구도 한창 만날 때 그때가 전부다

이상하게 멀리 떨어지면

함께 하는 것이 없어지면 멀어진다.

같이 듣는 수업이 있고

같이 뭘 해야 자주 만날 수 있다.

그 순간의 소중함을 좀처럼 알지 못한다.

뜬금없는 전화는

받는 사람도 당황스럽고 하는 사람도 후회스럽다.

그러니 혼자 생각만 해도 좋다.

친구와의 이별은

그리움과 짝사랑으로 남는다.

안녕, J

연인하고 헤어지면
눈물 펑펑 흘리고 울지만
친구와 헤어질 때는
그렇게 슬퍼하지 않았다.

아프게 헤어지면
시간 지나면 싹 잊혀지지만
아프지 않게 이루어진 이별이
오래도록 가슴속에 남는다.

진심으로 사랑했다면

진심으로 헤어져라.

당장의 이익,

당장의 가진 것을 생각하지 말고.

진심으로 헤어지지 않으면

혼자가 되었을 때

외로울 때

하는 일이 잘 안 될 때

누군가와 다투었을 때

괜히 생각난다.

사랑할 때 놓치는 것들

혼자서 할 수 없는 사랑은

둘이서 해야만 하는 사랑은

언제든

내려놓을 수 있어야 한다.

변덕의 힘

아무리 맹세해도

나중에 싫어지면

별 수 없다.

나중에 변치 말자고

약속하지만

아무리 굳건한 약속도

돌아선 마음 앞에는

그저

파도를 기다리는

모래성일 뿐.

나 분홍색 좋아한다?

나, 돈가스 좋아한다?

내가 좋아하는 것들.

언젠가 우리가 헤어지고 나면

넌 분홍색을 볼 때마다 날 생각할 거고

돈가스를 먹을 때 한번쯤 내 생각을 하겠지.

누군가의 기억속에는 내가 좋아했던 것으로

내가 기억돼.

나를 보고 내 생각을 하는 게 아니고

헤어지고 나면 기억이 희미해져서

그때 무슨 말을 했는지

왜 웃었는지

왜 다투었는지 생각하지 못하고

'아, 그 사람. 김치찌개 참 좋아했는데….'

그렇게 기억에 남아.

나쁜 남자는 착한 남자보다
먼저 말을 걸었다

사랑 말고 원하는 걸 다 주는 남자.

그럴듯한 능력이 없어도

포장이 없어도 멋진 외모가 아니라도

여자들이 포기못하는 남자가 있다

아주 사소한 배려들을 모으고 모으면

바로 나쁜 남자의 필살기가 된다.

여자가 싫어하는 일 안 하기

밥 먹으러 가서

고기를 그녀에게 올려주기

다정한 눈빛으로 바라보기

나쁜 남자는 사랑에 빠질 수 없다.

사랑에 빠지는 순간

여자가 원하는 것을 줄 수 없으므로

정말 사랑해서

전화하면 귀찮아하는 사람이 있지만

정말 사랑하지 않고도

필요한 순간에 감질나게 연락하면

애걸복걸하기도 한다.

왜 난 애인이 안 생길까요?

답은 아주 사소한 데 있다.

사랑은 아니었는데
잊을 수 없는 기억이 있다

생화보다 더 아름다운 꽃이 있듯이

진짜보다 더 아름다운

가짜 사랑도 있다.

진짜 사랑보다도

더 진짜같은 사랑받는다는 느낌….

자꾸 사랑을 하다보면

자꾸 사랑을 하다보면

자꾸 떠나는 버릇이 생긴다.

더 많이 사랑하고

더 많이 이해하는 건

절대로 습관이 되지 못한다.

그래서 진짜 사랑이 와도

버릇 때문에 다시 혼자가 된다.

이별의 아픔은

이토록 강하다.

아쉬운 사람 되기

지금 너에게 사과해야 해.

나도 알아.

그런데 할 수가 없어.

다가온 것도 네가 먼저고

내 마음을 달라고 했던 것도 너였잖아.

나를 좋아했던 사람.

나에게 잘해주었던 사람.

나에게 열정을 품었던 사람.

그런 사람에게 고개를 숙이는 건

너무 어려운 일이야.

먼저 마음을 전하고

다가간 사람은 사과가 쉽다.

네가 필요한 사람이라도

너무 열정이 많으면 소중한 줄 모른다.

좋은 사람을 만나러 여행을 갈까요?

이 사람 저 사람 만나면
별 사람 다 있지만
결국
좋은 사람을 만나기 위한 과정이야.
이상한 사람
진상을 만났다고 해서
그냥 다 포기해버리면
좋은 사람도 만나지 못하겠지.
나쁜 사람.
날 아프게 하는사람을 만났다고 해서
슬퍼하고 힘들어하지 말고
버리는 데 의미를 둬야 해.
그리고 다시 좋은 사람을 찾고
그 사람을 만나기 위한 노력을 해야 해.

화는 언제든 날 수 있다

좋아하는 사람에게도

무덤덤한 사람에게도

비호감인 사람에게도

화는 낼 수 있다.

문제는 화를 내고 나서다.

화를 내고 나서

마음 아프고 후회되고

다시 그 사람을 껴안아줄 수 없다면

그건 사랑이 아니다.

화를 내는 게 재미있고

화를 내면 끝이 없고

화를 내고 나서도 후회없이

후련하다면

그 사람의 곁을 떠날 수밖에 없는 것이다.

애정없이 내는 화는

명백히 떠날 수 있는 이유다.

후회하지 말아야 할 때
후회를 하면
끝이 없다

후회는 자기가 아끼는 것을

버리고 나서 하는 게 아니라

자기를 아껴준 사람을

버리고 나서 하는 것이다.

너의 사랑은 영원해

사랑하는 건 쉽게 바뀌어도

사랑받았던 것은

쉽게 변하지 않을 거라고

믿는다.

III

헤어질때도안녕
만날때도안녕

지금 당장 웃어야 할 이유

눈물 흘리며 슬퍼하고

가슴 뜨겁게 욕망하며

힘들었던 시간은

세월이 흐르면

마법처럼 바보같고

한심하고

그땐 왜 그랬나 생각이 되는

순간이 된다.

하지만 즐겁고 웃으며

만족하며 보낸 시간은

세월이 흐르면 추억이 되고

되돌아가고 싶은 순간이 된다.

지금 당신이 행복해야 할 이유다.

지금 너무 힘들어서

웃을 수 없다면

울지 않으려고 노력하고

웃으려고 노력해야 한다.

지금

당장.

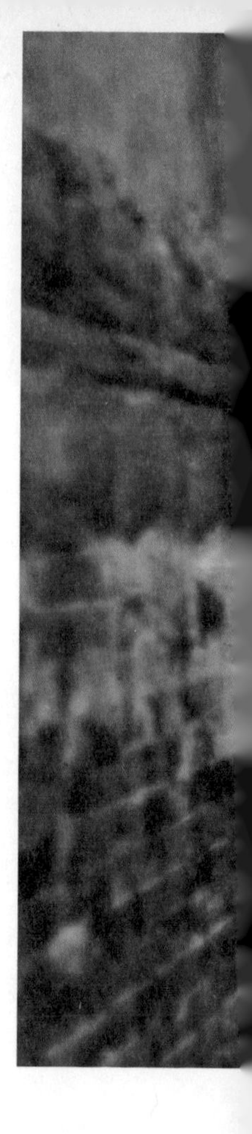

그대 인생의 블랙리스트

일방적으로

연락을 끊어버리고 잠수한 적이 있는 사람이라면

돌아와도 받아주지 말기.

그런 사람은 평생 버릇 못 고치는 블랙리스트.

그런데 너무 쉽게 용서해주고 싶고

다 이해해주고 싶은

가슴 속에서도 잘 지워지지 않는

블랙리스트.

인생에 실패하는 이유

믿어야 할 사람을 믿지 않았을 때
믿지 말아야 할 사람을 믿었을 때
사랑했던 사람에게 배신당했을 때
사랑해준 사람의 고마움을 몰랐을 때

그런데 몰랐다!
그것이 사랑이었는지.
그것이 유혹이었는지.
모든 것이 아무것도 아니고
아무것도 아닌 것이 모든 것일 줄은.

승리는
적을 이기는 것이다

승리는 친구를 이기는 것이 아니라

적을 이기는 것이다.

그런데 적은 더러워서 피하고

소중한 사람에게 이겨서

기뻐하는 일이 너무 많다.

직진하는 법

백번의 생각보다

단 한 번의 믿음이 낫다.

어느 날, 알았어

예전의 그 사람만한

사람이 없다는

너무

무서운

깨달음.

나한테만 소중한 것
누구도 모욕할 수 없는 것

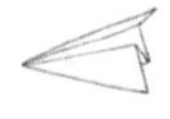

최대한 짐을 가볍게 하고 떠날 때
아이들은 장난감을 들고 가기도 한다.
필요 없으니 놔두라고 해도
고집을 부린다.

지금 손에 쥐고 내려놓지 못하는 것도
어쩌면 아이의 장난감 같은 것일지도 모른다.

그대의 옆자리

내가 필요하면 있어주고

내가 짐스러우면 떠난다.

그런데

타인이 필요하면 도망가고

타인이 힘들어하면 붙어 있는다.

혹시 이렇게 못할까봐

걱정들 하고 산다.

인생은 매일 쓰기 어려운 일기장

누가 훔쳐가는 것도 아닌데
챙기지 않으면 사라진다.
물건이든 사람이든
사랑받고 싶은 건 너무 많고
모든 것을 챙길 수는 없다.
만나지 않으면 멀어지고
전화하지 않으면 멀어지고
어제 찾지 않고
오늘 찾지 않으면
나중에 찾을 수 없다.
그 사람에게도
물건에게도
내가 잊혀지는 것이다.

지금 배부른 건
오늘 아침을 많이 먹었기 때문일 뿐

사람이 오만에 빠지는 것은
큰 부자가 되어서도 아니고
큰 성공을 해서도 아니다.
자기 목표만 이루어도
충분히 자만에 빠진다.

사랑을 받는 일

주지 않으면

어떤 것도 받을 수 없다.

사랑도

미움도

모든 것도.

변한 건 당신

이제 우리 사귄다.

결혼했다.

이제 내 것이다 싶다.

마음이 탁 놓인다.

그래서 혼자있을 때의

버릇이 마구마구 나온다.

사랑에 빠지지 않으면

상대의 사랑에 확신을 갖지 않으면

할 수 없는 행동.

시작

헤어진 사람을 그리워하기보다

앞으로 누굴 만날지 생각해야겠지.

좋은 사람 못 만나서

외로울 때도

다른 사람 만나서 잘 안 되어도

다시 그 사람 생각하면 안되겠지.

지각

지금이라도

잡아야한다고 생각했다면

그때가 늦은 것이다.

다시 잡은 것은

헛된 시도이거나

깨지기 쉽다.

나만 어려웠던 이유

어느 날은 김치찌개가 먹고 싶고

또 어느 날은 된장 찌개가 먹고 싶고

어떤 연애에서는 사랑만 받고 싶고

어떤 연애에서는 퍼주고도 아깝지 않고.

사랑받을 때 진짜 나를 찾았다고 생각했어

네가 너무 잘해주니까

이 모든 게 너무 당연한 것 같아.

사랑에 빠지니까

진짜 내 인생 시작된 것 같다!

사랑도 때가 있다

배고플 때 먹는 밥이 맛있듯이

사랑이 고플 때 하는

사랑이 더 달콤하겠지.

마음은 한번 돌아서면
돌아서지 않는 거겠죠?

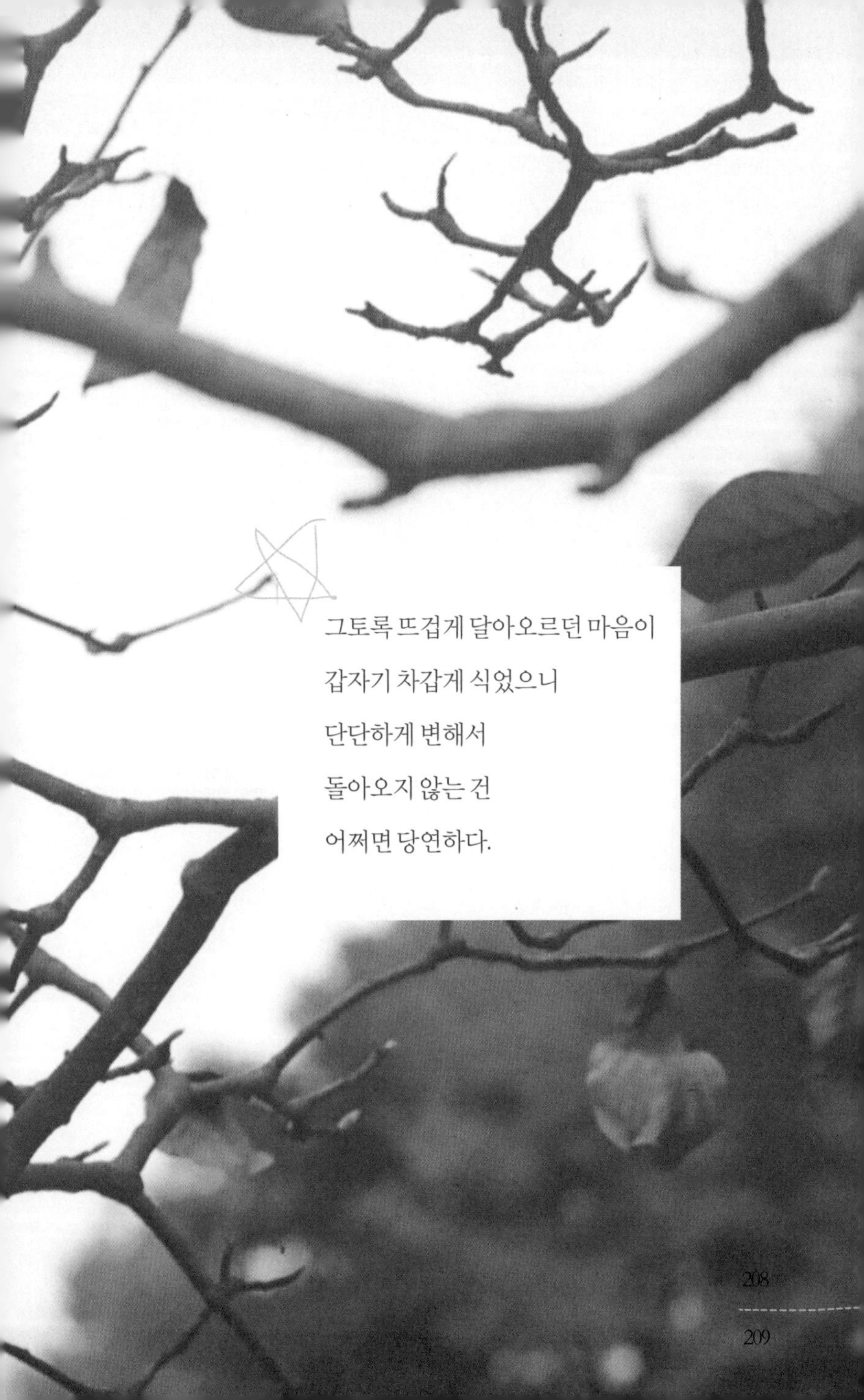

그토록 뜨겁게 달아오르던 마음이
갑자기 차갑게 식었으니
단단하게 변해서
돌아오지 않는 건
어쩌면 당연하다.

사랑한다고 말한 건 너야.
잊었어?

남자는 여자에게 헤어지자고 했다.

여자는 몹시 가슴이 뛰며 화가 났다.

"너 생각 안 나? 네가 먼저 사귀자고 했잖아.

내가 싫다는 데도 네가 졸졸 따라다닌 거잖아?

그리고 너 지난 내 생일날 뭐라고 했어?

나랑 영원히 함께 하자고 했잖아. 잊었어?"

남자는 문득 말을 잃었다.

그녀의 전화도 받지 않고

문자에도 대답하지 않고 만나지 않았다.

그렇게 졸지에 용서받지 못할 나쁜 사람이 됐다.

마음이란 변하는 건데 말이다.

버림받는 사람은

언제나 버린 사람을 미워할 것이다.

사랑하기로 맹세했다는 이유로

무심했던 자신을 돌아보는 건

어려운 일이다.

사랑받고 있다는 확신

아이는 불안한 존재다.

누군가가 꼭 지켜줘야 하기 때문이다.

그런데 천하태평이고 고민한 점 없다.

왜 그럴까?

문득 다섯살 아들에게 물어본다.

"엄마는 누굴 가장 좋아해?"

"나!"

"그럼 할머니, 할아버지는 누굴 가장 좋아해?"

"나!"

"그럼 선생님은 누굴 가장 좋아해?"

"나!"

아이들은 모든 사람이 자길 가장 좋아하는 줄 안다.

그러니 걱정이 없을 수밖에.

어른이 되면 안 그렇다.

누가 날 좋아해주며

좋아하는 척하면서

사실은 뒤통수를 칠 지도 모르고

오늘은 콩 한쪽 나눠먹는 시늉하다가

내일은 안면몰수할 지도 모른다.

솔직히 싫으면서 그냥 웃고 있는 것도

다 보인다.

그래서 어른이 되면 불안해지고

두려워진다.

천하태평했던

마냥 어른이 되고 싶었던

어린 시절이 그립다.

모든 사람이 다 날 좋아할 것이라는

근거없는 자신감으로 넘쳐나던 그 시절이….

좋아해 정말 좋아해

좋아하는 사람, 사랑하는 사람….

나에게 소중한 사람

누가 너를 괴롭히거나 욕하거나 약올리면

화가 나.

참을 수 없지.

싸우고 싶지.

그런데 난 널 어떻게 대해?

사랑하지만 막 화내고 짜증내고

잘 안 놀아주고.

그런데 미안하지도 않아.

사랑한다면서 잘해주지도 않지만

다른 사람이 널 푸대접하면 미워해.

네가 우는 이유는

오직 나뿐이어야 하는데…

있잖아

네 마음이 바뀌었다고
내 마음까지 바뀌어야 하니.
다른 사람 마음이 바뀌었다고
따라 바뀌면
결국은 다시 돌아오게 돼.
네가 어떻든
내 마음은 그대로야.

사랑 ≠ 제멋대로 행동

세상에 이런 일은 더러 있다.

책임 지지 않는 사람이

그 일을 결정하고 부담하지 않는 사람이

그 일을 기획한다.

모든 일은

그 일을 떠맡고

부담해야 하는 사람이

선택해야 하고

책임질 사람이

처음부터 결정해야 한다.

그런데

그게 잘 이루어지지 않는다.

책임지지 않는 사람이

마음대로 결정해서

모든 일은 불화가 생긴다.

때로는 가족이라는 이름으로

때로는 의리라는 이름으로

때로는 신뢰라는 이름으로

당혹스러운 것이므로.

날 사랑해주지 않아도 돼.

내가 원하는 것만큼

내 곁에 있어줘.

내 사랑이 끝날 때까지만

떠나지 말아줘.

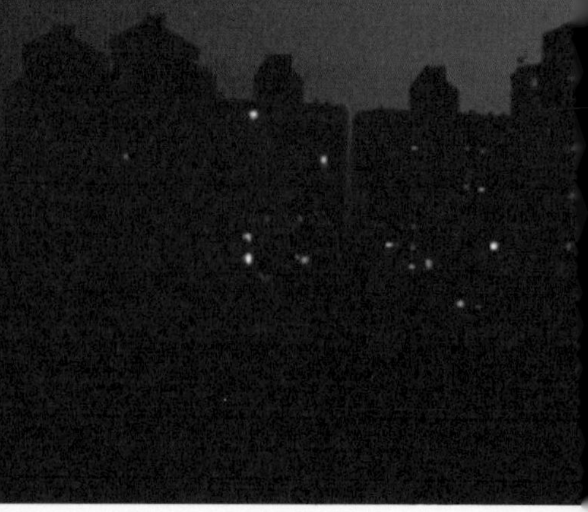

사랑하니까
더 외로워졌어

사랑이 아닌데

사랑이라고 생각하고 싶으니까

답이 나오지 않은 것이다.

DIY

처음이 어렵다

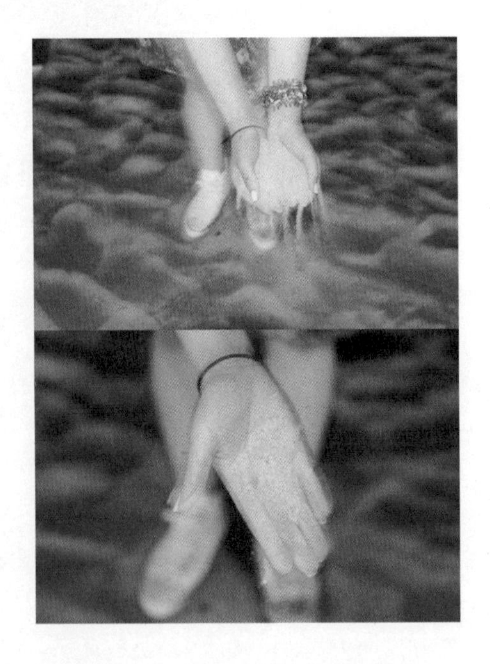

손에 쥐고 있을 땐 몰라도

내려놓고 나면

그냥 헌신짝이다.

한번만 내려놓으면

다시 쥐고 싶지도 않아진다.

넌 왜 우는 거니?

한 아이가 울면
옆의 아이도 따라운다.
따라우는 아이에게는 우는 이유가 한가지다.
옆에 아이가 우니까….
두 아이가 모두 생각과
느낌이 달라도.

어른이 되어서도
서로 생각과 느낌이 달라도
한 사람이 화를 내면
옆의 사람도 화를 낸다.
화를 내는 이유는 한가지다
옆의 사람이 화를 내니까.

진짜 사랑의 순간

사랑하기 전엔 생각했다.

정말 잘해줬는데

내가 막상 힘들어지면

날 뻥 차버리고 도망가면 어쩌지?

나중에 아프고 힘들어질 때를 생각해서

지금 잘해주는 것도 일종의 투자라면서….

그런데 정말 사랑에 빠지고 나니

정말 힘든 일이 생겼을 때

떠나주고 싶어졌다.

뒤돌아보기

힘들 땐 무얼 가졌는지 생각하고

만족스러울 땐 무엇이 부족한지 생각하라.

선물

보낸 사람에게는 크고
받는 사람에게 하찮은 선물은
주고 받지 않아도 좋다.

주는 사람에게는 아무것도 아니지만
받는 사람에게 대단한 것은
분명히 있다.

상처도 오래되면 사라진다

누구나 어린 시절의 상처를 가지고 있다.
그리고 그 상처에서 벗어나기 어렵다.
때로 그 상처는 타인을 만날 때
벽이 되기도 한다.
하지만
서른이 넘어서도 그것에 허위적거리고 있다면
인생을 낭비하는 것이다.
상처도 손에 쥐고 있으면
놓아버리기 어렵다.

말속에 갇히다

그 사람과 사귀기로 했어.

그 사람과 결혼하기로 했어.

그리고 그 말의 노예가 된다.

선택에 객관적이지 못하고

치명적인 결함이 있음에도

스스로 눈을 감는다.

"헤어지기로 했어."

이 한마디 말이 무서워서

전전긍긍하고 두려워한다.

하고 나서 나를 압박하는 말이라면

그건 비밀이 되어도 좋다.

시간 지나면
다시 생각날 사람

헤어지고 나서 후회하는 사람이 있고

헤어지고 나서 후회하지 않는 사람이 있다.

헤어져야 할 이유를 정리해보는 사람이 있고

단순히 기분에 의지해서 헤어지는 사람도 있다.

아무것도 아닌데

그때만 견딜 수 없는 것이 있다.

Thanks to

나는 오늘보다 내일

당신을 더 사랑할 겁니다.

그리고 내일보다

그 다음날

당신을 더 사랑할 겁니다.

당신이

내 행복을 만들어주니까요.

365

네가 아무리 외로워도
누군가에겐 잊혀지지 않는 사람

초판 1쇄 인쇄 | 2012년 7월 12일
초판 1쇄 발행 | 2012년 7월 20일

지은이 | 김지연
펴낸이 | 공상숙
펴낸곳 | 마음세상

주소 | 경기도 파주시 책향기로 337 306-401
전화 | (031) 941-5137 **팩스** | (031) 947-5138

캘리그래피 | 박현명
사진 | 양수정
일러스트 | 김수민

신고번호 | 제406-2011-000024호
신고일자 | 2011년 3월 7일

ISBN | 978-89-97585-33-5(03810)

전자우편 | maumsesang@naver.com
홈페이지 | http://maumsesang.blog.me
까페 | http://cafe.naver.com/msesang

* 값 13,000원